LE PARNASSE
ENVAHI,
PETIT POËME ALLÉGORIQUE,
AU SUJET DU *SACRE* DE S. M. CHARLES X.

Par M.r E. Rullier, de Cognac.

ANGOULÊME,
DE L'IMPRIMERIE DE F.s TRÉMEAU, IMPRIMEUR DU ROI.

M DCCC XXV.

LE PARNASSE
ENVAHI,
PETIT POËME ALLÉGORIQUE,
AU SUJET DU *SACRE* DE S. M. CHARLES X.

Par M.r E. Rullier, de Cognac.

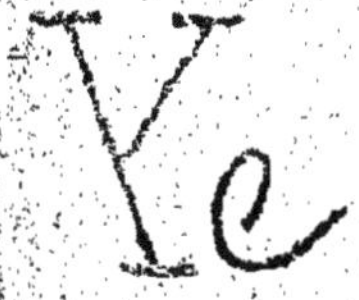

ANGOULÊME,
DE L'IMPRIMERIE DE F.s TRÉMEAU, IMPRIMEUR DU ROI.

M DCCC XXV.

Au Lecteur.

En ouvrant mon Poëme, quelques personnes pourraient croire que j'ai contracté l'obligation de *flatter*, depuis le premier jusqu'au dernier vers; et l'on s'étonnerait, à la fin du premier Chant, de n'avoir pas encore trouvé un seul grain d'encens. Aussi, je m'empresse d'annoncer que je n'ai point eu la pensée d'élever, au Monarque, un de ces monumens d'adulation, aussi éloignés de la dignité des Peuples, que de la majesté des Rois. Mon Ouvrage n'est qu'un jeu d'imagination, une suite de tableaux allégoriques, variés autant que possible, pour chasser l'ennui, et éviter la monotonie; sans doute, c'est un tribut d'amour et de respect, que je me suis proposé d'offrir à l'auguste Famille qui, après nous avoir sauvé encore une fois, ne cesse de veiller à notre gloire et à notre bonheur : mais j'ai pensé que, prodiguer la louange, c'est la dégrader; que plus elle est rare, mieux elle est sentie; et je n'ai dit que ce qui pouvait m'être pardonné par la noble modestie des fils de Saint-Louis; que ce qui devait être répété, après moi, par l'immense majorité, pénétrée, aujourd'hui, du grand bienfait de la restauration.

Je n'ai pas omis le nom de ma ville natale; j'y tiens, parce que, de tout temps, elle a fait preuve de son dévouement à la légitimité, et que, sous ce rapport, elle a déjà, pour elle, le suffrage le plus auguste (*).

Quant au fond de l'Ouvrage, j'en ai senti les imperfections; mais les circonstances m'ont pressé; voilà mon excuse, qui, j'espère, sera agréée par ceux qui aiment à encourager la bonne volonté; qui sur-tout sentent, comme moi, combien il est doux d'essayer un hommage à Charles X.

E. Rullier.

(*) *Vous êtes de Cognac?* disait un jour Monsieur à l'un de nos honorables Députés; *tant mieux, soyez le bien venu....*

LE PARNASSE
ENVAHI.

CHANT PREMIER.

Aux armes ! Enfans du Permesse,
Aux armes ! le danger vous presse !...
Tel fut le terrible signal
Qui, grâce, sans doute, au génie
Trop habile artisan du mal,
Troubla soudain la douce vie
Des demi-dieux (qu'on me passe ce nom)
Admis à boire l'ambroisie
Dont, chaque jour, la coupe d'Apollon,
Reçoit les flots sacrés.... Aux armes !...
Ah ! que ce signal est affreux,
Quand on a savouré les charmes

De ce séjour délicieux
Et si recherché, qui surpasse,
Du moins rivalise les cieux....
Où tout est plaisir.... du Parnasse !!...

Quand donc ce cri désolateur,
Échappé du fond de l'abyme,
Apporta sur la double cime
Et le désordre et la stupeur ;
Chacun, libre d'inquiétude,
Aux lieux chéris du Dieu des vers,
Entraîné par des goûts divers,
Suivait ses penchans d'habitude.
Chantre de l'amour et du vin,
Anacréon, le verre en main,
Et déjà pris de la plus douce ivresse,
Couronné de lierre, égayait,
Faisait les honneurs d'un banquet
D'amis choisis par la mollesse :
Reine du festin et des cœurs,
Là, Sapho, sur un lit de fleurs,
Du coin de l'œil, au cher Alcée,
Disait tendrement sa pensée ;
Près d'elle, Properce ajournait
Le souvenir de son amie ;

Et, même Tibulle cessait
De regretter les charmes de Délie.
Le sensible Ovide oubliait
Et les déserts de la Scythie,
Et les injures de César ;
Horace, armé d'un flacon de nectar,
Versait, en riant, l'ironie
Et sur Pindare et sur Boileau,
Ces deux insignes buveurs d'eau,
Auxquels sa verve l'associe,
Mais qu'il dédaigne, et ne reconnaît plus,
Quand, usant largement des faveurs de Bacchus,
Le célèbre ami de Mécène
D'un vin sec et léger corrige l'Hippocrène.
Et vous aussi, Chapelle, et Saint-Ange, et Chaulieu,
Poëtes du plaisir, et que la France honore,
Étiez dans cet aimable lieu !
Tendre Parny, tu t'y trouvais encore !
Et même, si Rome pouvait
Me pardonner, Bernis ! ton nom m'échapperait !..

Plus loin, Ménandre, et Térence et Molière,
Et le mordant Lucille, et l'âpre Juvénal,
Et Despréaux et Martial,
Et tous ceux dont la muse, ironique ou sévère,

Pour vaincre nos défauts, s'arma d'un fouet sanglant,
Ou nous reprit en badinant,
Assis sous des saules antiques,
Dont les cimes, en s'inclinant,
Figurent de vastes portiques,
Philosophaient.... Et, pour conclusion,
Tous décidaient, sans nul scrupule,
Que toujours loin de la perfection,
L'homme serait toujours méchant, ou ridicule.

Ailleurs, sous un berceau de fleurs,
Seul confident du secret de leurs cœurs,
Pindare, à la voix de Corine,
Mariait sa lyre divine :
Et, dans ses transports, pardonnait
A cette rivale si belle
Les attraits qui, vainqueurs pour elle,
Avaient eu, tant de fois, le prix qu'il méritait.

Ici, Milton, aux pieds d'Homère,
Attendri, récitait *ses vers à la lumière* ;
Près d'eux, le chantre des héros,
Et des moissons et des troupeaux,
La gloire de Rome, Virgile,
Ravi, se retrouvait dans les chants de Delille....

Mais le charme a cessé ; la peur
A pénétré dans ce lieu de délices,
Et tout le Parnasse en rumeur
Courait consulter les auspices :
» Arrêtez, s'écrie Apollon,
» C'est aux conseils de la raison,
» C'est à d'énergiques mesures,
» Et surtout, c'est à moi, qu'il faut se confier,
» A moi que le péril n'a jamais fait plier;
» Non pas à la foi des augures,
» Toujours trompeurs... Je suis instruit
» Que, pour fêter un Prince qu'il chérit,
» Un peuple entier vers le Parnasse
» Se précipite, et vous menace
» Du désastre le plus affreux
» Que puisse vous garder la colère des dieux....
» Votre bonheur, votre richesse,
» C'est l'Hippocrène et le Permesse (*) :
» Après le nectar sans pareil
» Qu'Hébé verse au maître du ciel,

(*) L'on feint ici que l'Hippocrène et le Permesse arrosent le Mont Parnasse, bien que l'un et l'autre coulent près de l'Hélicon, en Béotie ; mais l'auteur voudrait que la critique n'eût que cela à lui reprocher....

» Quel breuvage est plus doux que cette onde sacrée
» Et si pure, dont j'aime à voir
» Tous les jours ma cour enivrée ?
» Quel serait votre désespoir,
» Si la source en était tarie !...
» Vous maudiriez votre immortelle vie....
» Et pourtant, si, poussé par des vœux indiscrets,
» Le peuple ambitieux, qu'Apollon vous signale,
» Envahit nos divins sommets ;
» Doutez-vous que, bientôt, cette troupe rivale
» N'ait épuisé les fleuves saints
» Auxquels s'attachent vos destins ?...
» Non ! dignes enfans du Parnasse,
» Vous ne subirez point une telle disgrâce ;
» Et dès qu'il faut céder vos plus beaux droits,
» Ou seconder mon bras pour les défendre,
» M'affermir sur le trône, ou m'en laisser descendre :
» Déjà, je connais votre choix !.... ».

Après un moment de silence,
Un poëte, aux longs cheveux blancs,
Mais les yeux encor pétillans
Du feu qui l'inspira... d'un pas grave s'avance,
Et tombe aux genoux de son Roi,
Qui, par respect, daigne lui-même

Porter la main devant son diadème :
» Eh ! qui souffrirait plus que moi,
» S'écria le chantre d'Ulysse,
» Si l'Hippocrène, hélas, me refusait
» Son doux nectar.... Qui verserait
» Plus de pleurs sur son sacrifice ?...
» Depuis qu'en ce divin séjour
» Je peux, à chaque instant du jour,
» Heureux de la soif qui me presse,
» Savourer les douceurs d'une onde enchanteresse ;
» Trois mille fois, bientôt, Philomèle, au printems,
» A payé le tribut de ses tendres accens ;
» Trois mille fois Flore et Pomone
» Ont vu reverdir leur couronne ;
» Et trois mille fois les guérets,
» Riches des trésors de Cérès,
» Ont chargé ses autels des présens qu'elle donne...
» Et tant de siècles de plaisirs
» Ne se seraient gravés dans ma pensée,
» Que pour me rappeler ma fortune passée,
» Pour me livrer à de cruels désirs !...
» Non ! jamais je ne saurais croire
» Que le destin, en me fixant ici,
» M'ait gardé des tourmens .. qu'il trouvât de la gloire
» A me tromper, à me trahir ainsi !...

» Mais je me tais... fils de Latone,
» Oracle de ces lieux, ordonne,
» Dispose en maître ; Homère n'a de foi,
» De vie et de bonheur qu'en toi :
» Plein d'amour, et libre de crainte,
» Il s'abandonne à ta volonté sainte. »

Des murmures approbateurs
A ces mots, se firent entendre...
Le dieu du Pinde allait reprendre...
Mais déjà, Melpomène en pleurs
Était dans les bras de son frère :
» Quoi ! dit-elle, ce mont sacré
» Par tout l'univers vénéré,
» Cette demeure à tous les tiens si chère,
» Le Parnasse, pourrait enfin,
» Dépouillé de ses privilèges,
» Tomber en des mains sacrilèges !...
» Mais Apollon, as-tu consulté le destin ?
» Et notre perte est-elle inévitable !
— Melpomène, avant tout consultons le danger...
» Le destin n'est invariable
» Que pour qui perd l'espoir de le faire changer ..
» Quand, altéré des ondes du Permesse,
» Et jaloux de la douce ivresse

» Qui fait le bonheur de ma cour,
» Tout un peuple marche et s'empresse
» Vers ce délicieux séjour :
» Je dois réprimer sa folie ;
» Je dois conserver l'ambroisie,
» Le dépôt trois fois précieux
» Que, pour quelques élus, m'ont confié les Dieux...
» Ma sœur, armons-nous de courage,
» Et par de généreux efforts,
» Défendons, gardons les trésors
» Qui nous sont échus en partage ! ».

Il dit, et sur son cœur, trois fois,
Pressant sa compagne immortelle,
Jura trois fois de triompher pour elle....

» Fils des dieux, Apollon, entends aussi ma voix,
S'écria fièrement, avec la sage audace
D'un vétéran, un soldat du Parnasse :
» Sans reproche et sans peur, j'ai long-tems combattu
» Quiconque, sur la double cime,
» Osa prétendre un droit illégitime ;
» C'est par là que je suis connu,
» Et pour éloigner du Permesse

» Tout indigne profanateur,
» J'ai souvent poussé la valeur,
» On le sait, jusqu'à la rudesse :
» Non pas que je veuille, à tes yeux,
» Me peindre avec trop d'avantage,
» Ni t'offrir d'un ton fastueux
» De mes exploits le superbe étalage;
» Mais je crois avoir mérité
» De ta justice, au moins de ta bonté,
» Le poste du danger... Et ce bras, je le jure !...

Comme il disait ces mots, Mercure
Accourt, aussi prompt que l'éclair,
Et, de la part de Jupiter,
Dont la volonté souveraine
Régit tout, hormis le destin,
Annonce au dieu de l'Hippocrène
Que, pour peser un grand dessein,
L'Olympe se rassemble, et que, sans plus attendre,
Lui-même Apollon doit s'y rendre....
Tout le Parnasse, à ce coup imprévu,
Tremblant, crut avoir entendu
L'arrêt du sort, l'arrêt terrible
Qu'il redoutait... et d'abord, son effroi,

Soit juste respect pour son Roi,
Resta muet, presqu'insensible...
Mais, bientôt, des cris de douleur
Trahissant ce calme imposteur,
Un affreux désespoir s'empare
De tous les esprits, qu'il égare....
Virgile maudissait ses vers,
Ses vers chéris de l'univers,
Et, dans ses transports énergiques,
Aux flammes encore une fois
Dévouait ses chants héroïques;
Homère, demeuré sans voix,
Furieux, de son Odyssée
Frappait sa poitrine oppressée;
Euripide, en pleurs, demandait
Pourquoi le destin, qui voulait
Le priver de son ambroisie,
Pour comble de maux s'obstinait
A lui promettre une immortelle vie....
L'ardent Corneille s'emportait,
Le doux Racine gémissait,
Et, dans cet insensé délire,
Parny même, Parny faillit briser la lyre,
Que lui confia pour toujours
Le dieu folâtre des Amours....

» Modérez ces transports, dit le fils de Latone,
» Et cédez sans dépit.... Non, sans doute, jamais
» En vous quittant je n'eus plus de regrets :
» Mais c'est Jupiter qui l'ordonne,
» Jupiter mon père, et mon Roi....
» Qui lui doit plus d'amour, plus de respect que moi ?
» Savez-vous si, frappé du coup qui nous menace,
» Son cœur n'a pas frémi pour nous ?
» Si ce n'est pas pour sauver le Parnasse,
» Qu'il veut prendre conseil de tous ?...
» Je vole où le devoir m'appelle....
» Vous, redoublez de courage et de zèle,
» Et pour rester rivaux, sans devenir jaloux,
» Consentez que le sort désigne
» Le poste dont chacun devra se rendre digne :
» Il en est un pourtant, dont le hasard, je crois,
» Ne doit pas régir l'importance;
» Celui qui sur l'airain jadis grava vos lois :
« Qui, plein de cœur et de prudence,
» A si souvent déconcerté
» L'ambition, ou la démence :
» Boileau, n'a-t-il pas mérité
» La récompense qu'il demande ?
» Et le poste qui doit offrir
» Le plus de chances à courir,

» Souffrirez-vous qu'un autre le défende ?...
» Mais le temps fuit... Le monarque des Dieux
» M'attend... Jupiter ! ô mon père !
» Songe que c'est pour toi que je quitte ces lieux !..
» Et si l'essaim ambitieux
» Dont je sais le vœu téméraire,
» M'apprêtait un affront... Promets-moi ton tonnerre!»
Il dit... Le rapide Eoüs.
A deviné les ordres de Phébus...
Il accourt, et le dieu de qui la main si fière
Tient le flambeau de l'univers,
Disparaît tout-à-coup sur son char de lumière,
Laissant, après lui, dans les airs,
Un immense sillon d'éclairs.

CHANT DEUXIÈME.

Au dernier ciel de l'Empyrée,
Sous les lambris d'une voûte éclairée
De soleils tous plus radieux
Que celui qui brille à nos yeux,
Au fond d'une salle pavée
D'émeraudes et de rubis,
Et sur un [illegible]ne magnifique
Formé d'une topaze unique,
Le maître de l'Olympe assis,
Des Dieux présidait l'assemblée :
» Sachez mon désespoir ! s'écria Jupiter....
» Une région désolée
» Gémissait sous un joug de fer :
» Le sang de ses peuples, à peine,
» Suffisait à l'ambition
» D'un tyran, dont l'ame inhumaine
» N'aimait que les combats, et la destruction ;
» Les mères, les femmes tremblantes,
» A genoux devant mes autels,

» Me tendaient leurs mains suppliantes ;
» Jupiter ! roi des immortels,
» Disaient-elles, sois-nous propice !
» Que le flambeau du jour ne brille plus pour nous,
» Ou que notre tourment finisse !...
» Garde nos enfans, nos époux !
» Du tigre couronné dont le joug nous opprime,
» Brise le sceptre illégitime !
» Rends-nous à nos anciennes lois ;
» A cette famille de Rois,
» Qui jamais ne virent de gloire
» Que dans l'amour de leurs sujets,
» Qui, pour consacrer leur mémoire,
» Eurent assez de leurs bienfaits....
» Que la fureur, le fanatisme
» Ont repoussés.... mais que le repentir,
» Et la haine du despotisme
» Rappellent à grands cris.... ». Je sentis tressaillir
» D'horreur et de pitié, mes entrailles divines....
» Assis sur de vastes ruines,
» Le tyran, semblait refuser
» Même au maître du Ciel le droit de l'écraser...
» Accomplissant l'arrêt de ma colère,
» J'appelle, et ligue contre lui
» Tous les potentats de la terre....

» Seul, et fier de l'unique appui
» Qu'il cherche en sa féroce audace,
» Il veut lutter, et ne voit pas
» Que c'est un dieu, que c'est le bras
» De Jupiter qui le terrasse....
» Il tombe enfin.... Et ses sujets,
» Avec le bonheur et la paix,
» Recouvrent cette illustre race
» Qui leur promet, comme autrefois,
» Autant de pères que de Rois.

» Je crois que Jupiter, par ce bienfait insigne,
» De quelque encens se montrait digne....
» Mais je n'ai fait que des ingrats,
» Des coupables, dont je suis las :
» Et je dois, avec jalousie,
» Voir ces Rois, que j'ai retirés
» De la poudre, où leurs noms gisaient presqu'ignorés,
» Aimés, chéris jusqu'à l'idolâtrie....

» Celui qui le premier reprit
» Le sceptre que mon bras, par pitié, lui rendit,
» A vécu.... Ce n'est plus qu'une ombre
» Errante sur la rive sombre....
» Mais le sommeil de l'éternelle nuit

» Fermait ses paupières à peine,
» Que j'ai vu (pouvait-il échapper à ma haine!)
» Des millions d'adorateurs
» Inventer, pour lui, des honneurs,
» Auxquels toute la pompe humaine,
» Je l'espère, n'atteindra plus!...

» Digne héritier, dit-on, de ses vertus,
» Moi je dis, d'un nom qu'on encense,
» Et d'un faux culte qui m'offense,
» Son successeur veut, d'un Sacre imposant
» Offrir l'aspect éblouissant:
» Déjà, pour cette grande fête,
» Les soldats, et le peuple, et la cour, tout s'apprête;
» Tout annonce que, sous le ciel,
» L'homme jamais ne vit rien de pareil....
» Vraiment, je sais que, pour répandre
» Encore plus d'éclat sur ces jours solennels,
» C'est en face de mes autels
» Que tout doit s'accomplir.... Mais peut-on s'y méprendre?
» Pour qui ce cortège nombreux,
» Et cette suite magnifique?
» Pour qui ces transports et ces vœux?
» Ces chants d'amour, cette ivresse publique?

» Pour qui cet or, ces diamans ?
» Pour qui cette pourpre éclatante ?
» Et même.... pour qui cet encens,
» Et cette cohorte imposante
» De ministres sacrés ?... Ah ! tout est pour le Roi,
» Et rien... que le dépit, pour moi...

» Tant d'honneurs aux grands de la terre
» Sont une injure au Maître du tonnerre ;
» Et déjà mon juste courroux
» Aurait vaincu ma patience....
» Mais j'ai voulu savoir de vous
» Si je devais fermer mon cœur à la clémence :
» Ou, par quels moyens je pouvais
» Sans écraser les ingrats que j'ai faits,
» Leur apprendre à quelle distance
» L'homme doit mettre et ses Rois et ses Dieux :
» Où le respect finit, où le culte commence.... »

La Déesse des ris, des plaisirs et des jeux,
Vénus, fière de ce sourire
Si puissant et si gracieux,
Seul gardien de son bel empire,
Vénus répond à Jupiter :
» Moi, j'incline pour la clémence....

» Et ce peuple, grand Roi, dont le faste t'offense,
» Moi.... j'ose dire qu'il m'est cher....
» Si j'avais à juger la terre,
» Après mon peuple de Cythère,
» Celui-ci recevrait le prix;
» Tant il est bien dans le cœur de Cypris,
» Tant il est digne de lui plaire!
» Qu'il soit inconstant et léger,
» Je le veux; mais aussi, comme il est doux, affable,
» Et sur-tout prompt à corriger,
» A réformer, en lui, ce qui n'est pas aimable!
« Toujours vif, mais toujours traitable;
» Toujours sensible à de tendres appas,
» Mais toujours prêt à voler aux combats;
» Toujours jaloux du surnom d'invincible,
» Mais toujours aux regrets que Mars soit si terrible...
» Ah! qui peut s'irriter contre un peuple pareil?

» Tout à ses Rois, il les adore!
» En celà, je l'approuve encore;
» Et ne vois pas qu'il outrage le ciel;
» Quel monarque donc sur la terre
» De Jupiter n'est pas le mandataire?
» Lequel, sans en faire l'aveu,

» T'appelle son maître et son dieu ?
» Lequel, sur tes autels consacre sa couronne,
» Sans confesser qu'il ne la doit qu'à toi,
» Qu'il n'occupe un si haut emploi,
» Que pour t'offrir tout l'encens qu'on lui donne?
» Ah ! Jupiter, songe bien que les Dieux
» Doivent être moins fiers de punir que d'absoudre,
» Et que tu ne portes la foudre
» Que pour goûter encore mieux
» Le bonheur d'être généreux.... »

Parlant ainsi, la reine de Cythère,
Avec art, découvrait au maître du tonnerre,
Ce talisman mystérieux,
Cette ceinture enchanteresse,
Qui toujours ajoute à Vénus
Une grâce, un charme de plus....
Les yeux fixés sur la Déesse,
Jupiter, ému, soupirait....
Et, malgré lui, déjà se trahissait....

» Je sais, dit le fils de Latone,
» Je sais que le dieu qui pardonne
» Est aussi fort que le dieu qui punit....

» Mais trop souvent l'indulgence endurcit
» Les cœurs, loin de les vaincre, et bientôt une grâce
» Produit le comble de l'audace....
» Apollon le connaît aussi
» Ce peuple injuste et sacrilège,
» Que, par trop d'indulgence, ici,
» La fille de Téthys protège,
» Mais qui, pour honorer ses Rois,
» Viole, confond tous les droits....
» C'est-ce pas lui qui me menace
» D'escalader, d'envahir le Parnasse,
» Qui, pour un nouveau roi (disons un nouveau dieu)
» Ose attendre de ma faiblesse
» Que je lui permettrai d'épuiser le Permesse....
» Oui.... Pour *Sa Majesté*, c'est encore trop peu
» Que chacun, pour lui rendre hommage
» Jette des fleurs sur son passage;
» Que les noms les plus révérés
» Lui soient à l'envi prodigués;
» Que tout genou fléchisse en sa présence;
» Qu'on le bénisse, et qu'on l'encense:
» Et qu'à l'airain, qui tonne dans les airs,
» Le peuple, avec transport, unisse ses concerts....
» Pour plus d'honneur, il faut encore
» Qu'ivre de mon nectar si doux, si précieux,

» Le plus mince flatteur, dans la langue des Dieux,
» Apprenne à bégayer : *Grand Prince, je t'adore !*
» Jupiter !... je parle sans fiel,
» Mais je vois à regret que ce peuple frivole
» Trop souvent, aux dépens du ciel,
» Fasse la part de son idole ;
» Et je crains... — Oui ! s'écria Mars,
» Oui, pour justifier ta plainte,
» Apollon, tu n'as que la crainte....
» Car le monde, jamais, n'offrit à mes regards
» Ni plus d'honneur, ni plus de gloire,
» Ni plus d'exploits précieux à l'histoire,
» Que ce peuple, indigne, à tes yeux,
» Même de la pitié des Dieux....
» Quand tu fais le tour de la terre,
» Et que ton char étincelant,
» Sorti de l'équateur brûlant,
» En des climats plus doux va semer la lumière,
» En arrivant au pays, fier encor
» Du nom que lui donna la fille d'Agénor ;
» Ralentis ta course rapide,
» Arrête-toi, Phébus, aux colonnes d'Alcide....
» Là tu liras, en lettres d'or :
» *Les enfans du Tage et de l'Ebre,*
» *Trop heureux au sein de la paix,*

» *Qui leur rappelle les bienfaits*
» *D'un peuple justement célèbre...*
» Et ce peuple.... Hélas ! c'est celui
» Qu'Apollon poursuit aujourd'hui,
» Celui que Jupiter accuse.... Mais que dis-je ?
» Jupiter lui pardonne.... » Ici, par un prodige
Encore nouveau pour les cieux,
La foudre, que le Roi des Dieux
Tenait en sa main immortelle,
Du bouclier de Mars reçoit une étincelle
L'éclair suit de près, et soudain
Un horrible coup de tonnerre
Ébranle et l'Olympe et la terre....
Même le dieu du feu, Vulcain,
Ne peut comprendre ce mystère,
Et Vulcain, confus, stupéfait,
Croyant déjà que son père l'accuse,
Rêve, tremblant, à son excuse....
Chacun en silence attendait
Le dénouement.... Les immortelles
Surprises que la peur fût plus puissante qu'elles,
Les Dieux, heureusement distraits
Par les grâces et les attraits
De Vénus, qu'embellit encore
Le trouble qui la décolore.

Cependant, le plus alarmé,
C'était le Roi du ciel sans foudre,
C'était Jupiter désarmé....
Pensif, il cherchait à résoudre
L'affreux problème du destin;
Et malgré lui, son front triste et chagrin,
Son sceptre renversé, sa pénible attitude,
Tout décelait sa vive inquiétude....

Mais, bientôt, le maître des Dieux
Reprend sa majesté; sa tête se redresse:
Ses traits ont retrouvé leur fierté, leur noblesse;
Et le feu qui brille en ses yeux
Dit assez que son cœur n'a plus rien qui l'oppresse.

Ainsi, quand du soleil le char éblouissant,
Court du Lion le signe ardent,
Et, sur nous, fixe les nuages,
Tristes précurseurs des orages:
Plus d'une fois, le même instant
Unit le calme à la tempête,
Le doux zéphir aux aquilons....
Le Dieu qui nous menace, et que nous invoquons,
N'a fait que détourner la tête....
» Cessez, dit Jupiter, cessons tous de frémir

» Du prodige éclatant qui vient de s'accomplir :
» C'est le destin qui me rappelle
» Une promesse solennelle....
» Le jour qu'à mon juste courroux
» J'immolai les Titans jaloux :
» Quand j'eus déposé mon tonnerre,
» Content d'avoir humilié
» L'orgueil des enfans de la terre,
» Et que, de mon cœur la pitié
» Eut enfin banni la colère :
» Je vis les cadavres fumans
» De cette nation vaincue...
» Je pâlis... et mon âme émue
» A ma bouche dicta le plus saint des sermens :
« Je jurai par le Styx, et par son onde amère,
» Que, toutes les fois qu'en son cours,
» L'astre brillant qui mesure les jours,
» Ramènerait l'anniversaire
» Du triomphe que je pleurais,
» Si les mortels, par quelqu'offense,
» Avaient provoqué ma vengeance,
» Désarmé, je pardonnerais...
» Ce grand jour, ce jour d'indulgence
» Nous éclaire... Eh! bien donc, peuple que j'accusais,
» Rends grâces au destin de l'avis qu'il me donne!

» Garde à ton idole, à ton roi',
» L'encens que je voulais pour moi ;
» Je l'ai juré... je te pardonne !!!.. »
— » Mon père, reprit Apollon,
» Par tous les dieux ! en quoi me touche
» Le serment sorti de ta bouche ?
» Et qu'as-tu promis en mon nom ?
» As-tu juré que le Parnasse,
» Que mon héritage serait,
» Quelque jour, le prix de l'audace ?
» Qu'en vain, à tes genoux, ton fils te supplierait
De le défendre d'une offense
Qui doit se réfléchir sur toi ?...
Car, point de détour, la distance
De Jupiter jusques à moi,
« Est-elle donc si grande', qu'une injure
N'en puisse combler la mesure ?
» Et n'est-tu pas mon père, aussi bien que mon roi ?
— » Eh ! bien, dit le maître du monde,
» Parle, mon fils, parle avec liberté,
» Et voyons si jamais mon cœur a résisté
» A ma tendresse sans seconde...
» Et d'abord, est-il, dans le ciel,
» Un poste plus digne d'envie
» Que celui que je te confie ?

» Après moi, quel est ton pareil,
» Quand, guidant le char du soleil,
» Tu marches en triomphe, et fais voir à la terre
» L'astre bienfaisant qui l'éclaire :
» Cet astre si beau, si pompeux,
» Ajoutons, si digne peut-être
» D'obtenir l'encens de son maître,
» L'encens fumant pour le père des dieux...
» Quand, poussé par une imprudence
» Dont Jupiter, comme Apollon,
» Garde à jamais la souvenance,
» Quand l'audacieux Phaëton,
» Trop confiant en des mains inhabiles
» A maîtriser des coursiers indociles,
« A d'irréparables revers
» Si follement exposa l'univers ;
» Que, près de sa ruine entière,
» La terre en pleurs invoqua ma colère :
» Qu'enfin, pour ne pas voir le monde s'enflammer,
» Je fus contraint de l'immoler,
» Le malheureux... Ah ! si ce n'est la tienne,
Quelle douleur fut égale à la mienne ?...

» Mais c'était peu pour mon amour
» Qu'on t'appelât le dieu du jour ;

» J'ai voulu, j'ai fait plus encore :
» Et, Roi, je t'ai placé sur ces sommets fameux,
» Où je consens que l'on t'adore
» A l'égal du premier des dieux ;
» Où pour toi, pour les tiens, coule cette ambroisie,
» Rivale du nectar des cieux,
» Et qui d'une immortelle vie
» Te garantit à jamais les douceurs...
» Que te faut-il après tant de faveurs !...

» Tu prévois, tu crains un outrage,
» Et veux que Jupiter s'engage
» A te venger... Mais, Apollon,
» Je te l'ai dit, le jour qui nous éclaire
« Est un jour sacré pour ton père,
» Jour d'indulgence et de pardon,
» Qui proscrit tout arrêt sévère,
» Où même je dois m'abstenir
» De la volonté de punir...
» Demain, je reprendrai ma foudre,
» Avec le droit de frapper ou d'absoudre ;
» Demain, mon fils, tu seras écouté,
» Et si, pour toi, mon cœur, las de trop de bonté,
» Doit s'irriter... demain, je saurai m'y résoudre !...
» Oui,... par le Styx !... » A ce serment

Trois fois sacré, le firmament
Fut ébranlé; les ondes du Cocyte
Soudain suspendirent leur cours :
Le fier, le bel astre des jours
Voila ses rayons au plus vite...
Et pendant qu'ici bas le monde consterné
Faisait des vœux au maître du tonnerre ;
Avec tous ses pareils, humblement prosterné,
Apollon adorait son père.

CHANT TROISIÈME.

Le Parnasse offre au voyageur,
De loin, un aspect enchanteur;
Tout ce que la belle nature
A de varié, de riant,
Et de plus rare en sa parure,
Se réunit dans ce tableau charmant :
Là, le feuillage et sa verdure
Flattent les yeux par des attraits
Qui leur manquent dans nos bosquets;
Dans leurs nuances fugitives,
Les fleurs y paraissent plus vives
Qu'en nos jardins; elles ont plus d'éclat,
Et leurs parfums, plus doux à l'odorat,
Avertissent souvent qu'elles viennent d'éclore,
Que de l'œil on les cherche encore....
Le Pin, qui menaçant les cieux,
Porte si fièrement la tête,
Dans nos forêts n'est point majestueux
Comme celui qui couronne la crête

De ce mont sacré ; le cyprès
A qui nous confions nos pleurs et nos regrets,
N'a point cette mélancolie
De l'arbre, au pied duquel Tibulle, en soupirant,
Se plaint des rigueurs de Délie ;
Notre laurier, sur-tout est différent
De celui dont Virgile et le divin Homère
Tressent, en défiant leurs plus hardis rivaux,
Les couronnes de leurs héros....

Oui ! sur ce mont que l'univers révère,
Tout offre des appas et des charmes nouveaux ;
Tout semble y respirer le bonheur et la vie....
Tout nous flatte et nous fait envie...
L'espérance nous y conduit :
Et pour cueillir plutôt ces palmes immortelles
Dont l'ambition nous séduit,
Du Roi des airs nous voudrions les ailes....
Nous arrivons... Le charme, hélas, n'est pas détruit;
Mais, pour toucher à ce lieu de délices,
Que de périls à vaincre, et que de précipices
A franchir !... Les flancs escarpés
De la montagne, où le fils de Latone
A son apanage et son trône,
En ligne droite sont coupés

Par des sentiers, dont la pente rapide
Fait trembler le plus intrépide :
Où, souvent, le moindre faux pas
On le sait, amène une chute
Dont on ne se relève pas....
Le mal, c'est que l'on se rebute
Toujours trop tard, des obstacles divers
Semés dans ces routes si saintes,
Pour inspirer de salutaires craintes;
Il semble, hélas, qu'on préfère un revers
A la fausse honte de faire,
Pour son salut, quelques pas en arrière;
Le pied glisse.... Et payant un téméraire orgueil,
On tombe, d'écueil en écueil,
Jusqu'au fond de ces noirs abîmes,
Célèbres par tant de victimes....
C'est là que le triste Cottin
Se faisant justice lui-même,
Déteste enfin ses vers, qu'il frappe d'anathème;
Que le malheureux Chapelain,
Enveloppé d'une nuit éternelle,
Erre au hasard, pâle, et tremblant,
Et, dans son désespoir, déchire en sanglotant,
Le Poëme de la Pucelle;
Là, qu'en grand deuil, Lamothe-Houdard,

Humilié, reconnaît, mais trop tard,
Que, pour chanter dignement la colère
Du valeureux fils de Thétys,
Il faut la voix et les accens d'Homère....
Là, qu'un infortuné Marquis
De ses disgrâces authentiques
Accuse, en gemissant, la Bible et ses cantiques....
Enfin, c'est là qu'un Cardinal
Qui, pour illustrer sa mémoire,
Sonda tous les chemins qui mènent à la gloire,
Confus d'avoir, en indigne rival,
Poursuivi l'auteur de Rodrigue,
Reçoit le prix de son intrigue,
Et malgré lui, songe, hélas, que ses vers
Sont oubliés de l'univers....

Toutefois, il est au Parnasse
Certain sentier, où l'on peut s'engager
Du moins, on le dit, sans danger,
Et glisser sans trop de disgrâce :
L'un des plus connus, ce sentier,
Est celui de l'aimable et joyeux chansonnier,
Celui du poëte volage
Sacrifiant aux grâces, aux amours;
De nos Parny du nouvel âge,

De nos modernes troubadours,
Le sentier, qu'en leurs rêveries
Fréquentaient Boufflers et Chaulieu,
Quand ils apportaient à leur dieu,
Au lieu d'encens, quelques grains de folie....
Où le léger, l'aimable Bachaumont,
Tout en riant avec Chapelle,
Venait, pour Bacchus, pour sa belle,
Respirer l'air des bosquets d'Apollon,
Où passèrent depuis, ceux qui, sans autre envie
Que de romasser quelques fleurs
Pour en orner le chemin de la vie,
Humbles courtisans des neuf sœurs,
A de gracieux badinages
Bornèrent toujours leurs hommages...
C'est près de ce sentier, que, fier du beau dessein
Qui l'encourage et qui le guide,
Erneste rencontra *Volsein* :
C'étaient les chefs de la troupe intrépide
Qui, des terreurs d'un désastre prochain,
Troublant les bords de l'Hippocrène,
Jusques dans le cœur d'Apollon
Avait porté la crainte d'un affront.
Enfans des rives de la Seine,
De ces délicieux climats,

Où règnent à la fois et *Minerve* et *Pallas*,
Ils venaient, sur la double cime,
S'abreuver du divin nectar,
Sans lequel l'écrivain, même le plus sublime,
Serait toujours un poëte sans art.
Ils ne visaient point à la gloire
De prendre place au temple de mémoire,
Parmi ceux de qui l'univers
Chérit et les noms et les vers :
Dans la délicieuse ivresse
Où l'on s'endort aux sources du Permesse,
Ils ne cherchaient que des accens d'amour,
Et des cantiques d'allégresse,
Pour célébrer dignement le grand jour
Dont l'aurore, déjà, brille sur leur patrie.

Illustre rejeton d'une tige chérie,
Un prince, noble et généreux,
Et mille fois plus fier des vœux
Du peuple qui l'appelle au trône de ses pères,
Que de ses droits héréditaires,
Charles-Dix, surnommé l'*idole des Français*,
D'un sacre solennel ordonnait les apprêts....
Vainement, en l'honneur du Prince,
La cour voudrait éclipser la province :

Le peuple a juré que les grands
Lui céderont le moindre grain d'encens....
Les grands ont *Erneste* à leur tête,
Erneste poëte de cour,
Et qui, pour triompher, s'apprête,
A tourmenter sa verve nuit et jour:
Le peuple, à *Volsein* se confie,
Et croit, avec ce chef ardent,
Que la force du sentiment
Peut, seule, enfanter le génie....

Venus par des chemins divers
Aux lieux chéris du Dieu des vers,
Les deux partis se trouvaient en présence:
Les yeux fixés sur ce mont sourcilleux
Fait pour déconcerter les plus audacieux,
Tous gardaient un profond silence....
Erneste enfin vers son rival s'avance:
» Tes projets, dit-il, sont les miens,
» Et mes dangers bientôt, seront les tiens....
» Vois seulement, vois ces pentes rapides....
» Et ces chemins glissans, et ces rochers perfides...
» Si nous devons, ici, nous disputer l'honneur,
» Ou le droit de la préséance,

» Le vaincu, j'en ai l'assurance,
» Doit, dans sa chute, entraîner le vainqueur....
» Volsein, évitons ce malheur !...
» Livre-toi, sans inquiétude,
» Au rival désarmé qui demande la paix.
» De tous ces sentiers, je connais
» Le plus facile et le moins rude :
» Volsein, je guiderai tes pas....
» Et de peur que la jalousie
» Ne nous garde une perfidie,
» Je le veux !... Tu commanderas !... ».

Mille acclamations répondent
A ce discours: les grands au peuple se confondent ;
Et tous, à l'instant, ont promis,
Ont juré de rester unis,
Pour célébrer, pour embellir la fête
Que leur enthousiasme apprête.

Cet accord, toutefois, n'était pas un succès ;
Que de dangers... avant d'atteindre
A la hauteur de ces sommets
Si menaçants ! que de chutes à craindre !...
Encor, si l'on n'eût eu qu'à combattre les lieux !..
Mais las ! indigné, furieux

D'être jeté soudain au milieu des alarmes,
Tout le Parnasse était en armes;
Et dans les moindres défilés,
Les postes se trouvaient doublés...
Quand Volsein, conduit par Erneste
Au sentier le moins périlleux,
Vit combien le triomphe était encor douteux,
Et combien un échec pouvait être funeste :
Il s'arrêta... « Chers compagnons,
» Dit-il, l'heure critique approche...
» N'ayons du moins aucun reproche
» A nous faire, et délibérons.
» Ce n'est pas que je vous conseille
» De renoncer au beau dessein
» Qui vous amène... une honte pareille
» Ne fera point rougir Volsein ;
» Puis, on le sait, quand un Français,
» Guidé par l'amour de son Prince,
» A résolu d'obtenir un succès,
» Il ne rétrograde jamais.
» Pour lui le danger le plus mince,
» Le danger qu'il voit sans effroi,
» C'est celui qu'il court pour son Roi...
» Je ne veux que cette prudence
» Qui, sans l'intimider, seconde la vaillance.

» Nous n'avons, en notre faveur,
» Que la gloire de l'entreprise,
» Et l'espoir, en cas de malheur,
» De pouvoir prendre pour devise :
» *Tout est perdu, tout... fors l'honneur !...*
» Car, ici, rien... qui ne nous soit contraire :
» Nous avons à vaincre et les lieux,
» Et les enfans du Parnasse en colère,
» Et peut-être même les Dieux...
» Voyez cette pente glissante ;
» Ces ravins profonds... au-dessus,
» Ces rochers, qui, pour rester suspendus,
» N'ont plus que leur masse imposante...
» Voyez ces sommets escarpés,
» Et ces défilés occupés
» Par une garde menaçante...
» Voilà qui doit, sans changer nos projets,
» Nous garantir d'un écart téméraire ;
» Parlez : pour atteindre au succès
» Que vous désirez, que j'espère,
» Chers compagnons, que faut-il faire ? »
— » Se confier encore à moi,
» Répond Erneste, et rester sans effroi...
» Il n'est qu'un sentier, au Parnasse,
» Où vous puissiez vous engager,

» Du moins, sans chercher le danger
» Le voici... C'est là que je passe;
» Quand, dans le jardin des neuf sœurs,
» Je viens dérober quelques fleurs...
» Sans doute, il est sous bonne garde :
» Mais c'est moi que cela regarde !...
» Seul, je vas sonder le terrain :
» Et, si quelque péril me presse,
» *A moi, Français! à moi Volsein!*
» Sera mon signal de détresse... »

Il dit, et, d'un pas assuré,
Tout épris d'une ardeur nouvelle,
Marche droit à la sentinelle...
» Qui va là?.. sur ce mont sacré,
» Mortel, coupable et téméraire,
» Réponds-moi, que prétends-tu faire?
» Ne viens pas profaner ces lieux ..
» Sache que c'est un sanctuaire
» Toujours rempli de demi-dieux...
» Fuis bien vite, et crains ma colère !..
— » C'est pour CHARLES, c'est pour mon Roi,
» Fils du Parnasse, que j'envie
» Ta délicieuse ambroisie.
» Non, je n'y prétends rien pour moi !..

» C'est pour une Famille auguste,
» Dont les dignes chefs, tour-à-tour,
» Méritèrent de notre amour
» Les noms de *Bien-aimé*, de *Pieux* et de *Juste*;
» C'est pour un Prince, dont le cœur
» Toujours droit, fut toujours sans peur;
» Qui, près du trône de son père,
» *Bon à montrer à des amis*;
» *Aussi bien qu'à des ennemis*,
» Tient dans ses mains les foudres de la guerre;
» C'est pour la fille d'un martyr...
» Qui, des peines de son enfance
» Ne veut garder le souvenir,
» Que pour goûter tout le plaisir
» Des œuvres de sa bienfaisance;
» C'est pour un Prince, encor auprès de son berceau,
» Et qui, sur le sein de sa mère,
» Promet notre bonheur, pour mieux venger son père:
» C'est pour un fragile roseau
» Qui doit, un jour, porter la France entière !..
— » La France !... s'écria le soldat d'Apollon,
» Oh ! le beau, le glorieux nom !
» Parlez... cette terre chérie
» Serait-elle votre patrie ?
» Et CHARLES-DIX serait-il un Bourbon ? »

— » Oui... Bourbon, et digne de l'être...
» Au trône il ne fait que paraître,
» Et déjà l'on se plaît à saluer en lui
» Le petit-fils de Louis et d'Henry :
» De ce bon, et brave Henry-Quatre,
» De qui l'illustre nom jamais
» Ne frappera l'oreille d'un français,
» Qu'il ne tressaille, et sente son cœur battre;
» De Louis-le-Grand, fils de Mars,
» Père des lettres et des arts... ».

— » Louis-le-Grand! reprit le gardien du Parnasse,
» Ah! quels doux souvenirs ce beau nom me retrace!..
» Louis-le-Grand! dans ce divin séjour,
» Je songe encor au bonheur de ta cour!

— » Mais en quoi cette cour, si brillante et si belle,
» S'il vous plaît, vous toucherait-elle?

— Elle accueillit, protégea Despréaux...
— » Qu'entends-je?.. Le noble adversaire
» Des Chapelain et des Laserre,
» La terreur de tant de rivaux !...
Et bien vite Erneste, à ces mots,

S'incline devant le poëte
De ce beau siècle d'immortels,
» A qui l'Europe éleva tant d'autels !..

— » Français, dit Boileau, je regrette
» De ne pouvoir vous traiter en amis ;
» Mais Apollon, mandé près de son père,
» Nous a laissé la consigne sévère
» De repousser, comme ennemis,
» Tous ceux dont le caprice, ou la folle imprudence,
» Pour pénétrer jusqu'en ces lieux,
» Profiterait de son absence :
» Je dois encor vous dire qu'à ses yeux
» Vous êtes des ambitieux,
» Qui, d'épuiser notre ambroisie,
» Nourrissez la coupable envie...
» Et je le confesse, jamais,
» Depuis que le fils de Latone,
« M'appelant auprès de son trône,
» A fixé mon séjour sur ces divins sommets,
» Jamais je n'avais vu des légions entières
» Des Muses assiéger les demeures si chères :
» Se peut-il que tant de mortels
» Soient appelés à puiser au Permesse

» Le doux Nectar qui fait notre richesse;
» A respirer l'encens de nos autels?...
» C'est au nom de notre patrie,
» Français, que je vous en supplie...
» Ah! renoncez à des projets
» Qui peuvent vous garder de si cuisans regrets...»

— « Non, crois-moi, répondit Erneste,
» Nous ne venons point en ces lieux
» Accomplir de coupables vœux...
» Sans nul scrupule, j'en atteste
» L'honneur, le premier de nos dieux!..
» Mais, Despréaux, tu sais comme la France
» Aime ses Rois; comme elle les encense...
» Charles, jaloux d'imiter ses aïeux,
» Veut, au pied des autels, recevoir la couronne,
» Que les droits du sang lui gardaient,
» Que chacun de grand cœur lui donne;
» En ces jours solennels tous les Français voudraient,
» Pressés autour de leur Monarque,
» Entonner des hymnes d'amour,
» Et le saluer, tour-à-tour,
» D'un seul mot digne de remarque;
« Tous voudraient pour s'exprimer mieux,

» Emprunter la langue des Dieux...
» Du reste, ils sont loin de prétendre !...

— » Mon devoir... hors de là, je ne puis rien entendre!
» Plus d'instances... retirez-vous !
» Ah! si le maître du Parnasse
» Vous trouvait en ces lieux, quel serait son courroux,
« Et quelle serait ma disgrâce!...
» Eh ! bien donc, sur l'honneur (tu sais
» Qu'en notre cher pays, jamais
» Cette borne ne se dépasse) !
» Sur l'honneur, je te le promets !
» Si le beau zèle qui nous guide,
» Poëte illustre, te décide
» A nous traiter avec faveur ;
» Goûter la liqueur du Permesse,
» Et fuir avec plus de vitesse
» Que le cerf devant le chasseur,
» Sera, pour nous, la loi la plus sacrée,
» Dont l'obéissance ait encor,
» Chez les mortels, été jurée....
» Si, pour te vaincre, il faut un autre effort,
» J'invoquerai le nom, le beau nom que la terre,
» Avec toi, proclame et révère...

» C'est au nom de Louis-le-Grand
» Que Despréaux cède et se rend !...
— » Vous l'avez entendu ! s'écria le poëte,
» Dieux immortels ! vous connaissez
» La violence qui m'est faite :
» Vous êtes justes... c'est assez !
» Et toi ! qui sais si bien subjuguer ma faiblesse,
» Qui veux toujours vaincre... Français !
» Dis aux tiens que je leur permets
» Les rives saintes du Permesse...
» Mais, par le Ciel, souvenez-vous
» Que, si trompés par ce nectar trop doux,
» Vous succombez au sommeil de l'ivresse,
» C'en est fait... vous nous perdez tous !

CHANT QUATRIÈME.

DANS un triste et morne silence,
N'osant croire une trahison,
Mais soupçonnant une imprudence,
Les défenseurs du sceptre d'Apollon
Ouvraient leur rangs aux enfans de la France :
C'est Despréaux qui les devance,
Et qui, sur sa tête, en répond....

Mais les téméraires à peine
Marchaient sur le tapis de fleurs
Étendus aux bords enchanteurs
Du Permesse et de l'Hippocrène,
Que par trois fois tous les échos,
En chœur, répétèrent ces mots :
Prudence au Parnasse !... et mystère !...

C'était l'instant où les neuf Sœurs,

Fuyant et leurs adorateurs,
Et le secret du sanctuaire,
Allaient, au beau cristal des eaux,
Confier ces appas, chers à tant de rivaux,
Mais que les nymphes du Parnasse
Si sagement ne prodiguent jamais,
Pour que le désir, qui surpasse
Si souvent la faveur, garde tous ses attraits.
Malheur à qui, poussé par une flamme impure,
Oserait d'Actéon renouveler l'injure !
Malheur même à qui, sans dessein,
Soulevant le voile incertain
De l'onde qui baigne leurs charmes,
Aurait des chastes sœurs excité les alarmes !
Car l'accident devient égal
A l'acte le plus téméraire,
Et toute faute est volontaire
Après cet éclatant signal :
Prudence au Parnasse !... et mystère !...

Souvent, le parti le moins mûr,
Pour sortir d'un péril extrême,
Est le meilleur et le plus sûr :
Boileau conçoit, adopte un stratagème,

Et sans révéler son dessein,
Aussi prompt que l'éclair, quitte Erneste et Volsein;
Il court à l'avance des Muses,
Et, préludant par des excuses,
Eperdu, les larmes aux yeux,
Les conjure par tous les Dieux,
De croire au zèle qui l'anime,
Sur-tout de ne pas différer,
Le coup d'état, qui seul peut assurer
Le salut de la double cime.

» Vous savez, dit-il, quels projets
» Sèment l'effroi sur nos divins sommets,
» Et quels maux nous avons à craindre;
» Apollon vous a tout appris;
» Je n'ai besoin de rien dépeindre...
» Vous savez aussi de quel prix
» Doit être la paix au Parnasse,
» Quand, au dehors, on le menace:
» Même, en face de l'ennemi,
» C'est encore trop peu de s'entendre à demi.
» Eh bien! quand le péril nous presse,
» Qu'un même esprit, un même cœur
« Devraient unir les enfans du Permesse...

» Ah! je le dis avec douleur,
» C'est alors, au fort de la crise,
» Que la discorde nous divise...

» Tous voudraient, maîtres absolus,
» Ne suivre que leur fantaisie,
» Et déjà l'on ne connaît plus
» Les rangs marqués par le génie :
» Le chantre de Tancrède attend
» Que celui d'Achille obéisse;
» Trop fier, l'Arioste prétend
» Qu'humblement Virgile subisse
» Tous les arrêts de son caprice;
» Pindare défend à Rousseau
» D'oser se mettre avec lui de niveau;
» Euripide veut que Racine
» Suive ses pas; Plaute s'obstine
» A ranger sous son étendard
» Térence, et Molière, et Régnard;
» Il semble même que Catulle
» Rougisse du tendre Tibulle,
» Et Dorat, ainsi que Bertin,
» Oseraient disputer enfin,
» A l'aimable Parny, le droit d'être leur maître;

Quand la muse de Mitylène,
Cédant à ses transports brûlans
Pour l'ingrat, auteur de sa peine,
Léguait à l'amoureux Zéphir
Ses derniers chants, et son dernier soupir....

Pendant que, sur la fausse alerte
Dont Boileau seul a le secret,
La troupe sainte se concerte:
Dans les folles ardeurs d'un délire indiscret,
Et sans songer aux périls de l'ivresse,
Les Français savouraient le nectar du Permesse:
En le buvant ce nectar précieux,
Il semble que, soudain, leurs yeux
Pour la première fois s'ouvrent à la lumière;
Car tout, dans la nature entière,
Est devenu nouveau pour eux:
Pour eux tout s'anime et respire;
L'airain s'émeut, et le rocher soupire...
Ce n'est plus le hasard, c'est la soif du désir
Qui, dans le secret du bocage,
Attache la vigne sauvage
Au tendre ormeau qui doit la voir mourir...
Ce n'est plus la chaleur hâtive

Des soleils bienfaisans de Mars,
Qui, secondant la main qui les cultive,
Force les fleurs à charmer nos regards :
C'est la compagne de Zéphire,
Flore, dont l'aimable sourire
A soudain créé le printemps...
Ce n'est plus le matin qui, de ses feux brillans,
Pour le sein de *Daphné*, colore
Cette rose qui vient d'éclore...
Vénus veut, pour doubler son prix,
La rougir du sang d'Adonis...
En vain dans les perles humides
Que, chaque jour, en nos jardins
L'Aurore sème à pleines mains,
Du vulgaire les yeux stupides
Ne veulent voir que des vapeurs...
Une Déesse accourt, et reconnaît ses pleurs...

Etonnés de tant de merveilles,
Ravis sur-tout des douceurs sans pareilles
D'une ivresse, dont les transports
A chaque instant révèlent un mystère,
Les Français, toujours fiers d'un acte téméraire,
D'Erneste suppliant repoussaient les efforts...

» En vain j'ai voulu me permettre
» Des conseils... chacun contre moi,
» S'est emporté jusqu'à l'injure :
» Me suppliant, pour combler la mesure,
» D'avoir à borner mon emploi
» Au fiel amer de la satyre,
» Au triste talent de médire...
» J'ai vu, dans ce terrible assaut,
» Quinault, l'implacable Quinault
» S'avancer, pâle de colère,
» Et me prodiguer, sans pudeur,
» Tous les noms dont rougit l'honneur...
» Me traiter d'indigne et faux frère,
» De lâche, de vil plagiaire,
» Arrivé, des bancs du barreau,
» Jusques aux sommets du Parnasse,
» Toujours caché sous le manteau
» Ou de Juvénal, ou d'Horace....

» J'ai vu, jugez de l'aigreur des esprits,
» Le pacifique Lafontaine,
» Contre moi provoquer la haine,
» Les outrages et le mépris :
» M'accuser tout net d'injustice,

» Et demander par quel travers
» Je gardai toujours, dans mes vers,
» Le silence à son préjudice...

» Bref, tout le Parnasse est en feu....
» Même, je ne crois pas qu'un Dieu
» Pût, entre un exemple sévère,
» Ou bien notre ruine entière,
» Trouver enfin quelque milieu !.

A ce discours, cédant à leur juste colère,
Les chastes sœurs firent serment
Que jamais factieux, sur leur cime chérie,
N'appellerait impunément
Les désordres de l'anarchie !
La favorite des guerriers,
Calliope, jura par les divins lauriers
Qui, pour parer toujours sa chevelure,
Gardent toujours leur riante verdure :
L'aimable et sensible Erato,
Par cette lyre et si douce et si tendre,
Qui, sous les doigts de la belle Sapho,
Dans Lesbos, jadis, fit entendre
Des sons si purs et si touchants...

En vain, ce noble chef, fidèle à sa promesse,
Adjure, au nom de tous les Dieux,
Ses compagnons audacieux
De quitter les bords du Permesse :
La colère, ni la douceur,
La prière, ni la menace,
Rien ne les touche, et rien ne les terrasse,
Ni le nom d'Apollon vengeur,
Accourant pour punir et leur soif indiscrette,
Et leur zèle profanateur...
Ni l'illustre nom du poëte,
Qui, pour eux, peut perdre à jamais
L'honneur de ces divins sommets...
Ni le nom de celui qui, du haut de son trône,
D'un geste ébranle l'univers :
De celui qui, du Ciel, peut toucher aux Enfers...
De Jupiter, tonnant pour le fils de Latone !

Lui-même Volsein, enchaîné
Par les douceurs d'un charme involontaire,
Volsein trouve Ernesto sévère ;
Et par tous les siens entraîné,
Jure de rester à la place
Qu'il vient de choisir au Parnasse !

Mais comme l'imprudent Volscin
Jurait au nom des Dieux... soudain
Un cri d'effroi, suivi d'un long silence,
A d'Apollon signalé la présence...

» Un courtisan qui me fut cher,
» M'a trahi... s'écria le fils de Jupiter...
» Sa vile et coupable insolence,
» Dès ce jour, recevra son prix !
» Pour en être plus sûr, j'en atteste le Styx !..
» Et toi, peuple trop téméraire,
» En ces lieux saints, réponds, que viens-tu faire ?
» Profanes ! vous ne craignez pas
« Qu'à l'heure même, sous vos pas,
» Ma fureur n'ouvre un précipice,
» Qui, pour jamais, vous engloutisse !
» Parlez... Qu'avez-vous défié ?
» Ma faiblesse, ou bien ma pitié ?
» Ah... je devrais .. mais je désire,
» Je veux y mettre l'appareil
» Digne, à mes yeux, d'un attentat pareil... ».

Il dit, et de son sceptre ayant frappé sa lyre,
L'immortel fils du Roi des Dieux,

A ce signal harmonieux
Que nul n'oserait méconnaître,
Vit tout le Parnasse accourir,
Et s'incliner devant son maître....

Dans son maintien chacun cherchait à découvrir
Ce que son cœur allait résoudre :
S'il céderait au besoin de punir,
Plutôt qu'au doux plaisir d'absoudre ;
Tous frissonnaient.... quand, au danger,
Toujours mesurant son audace,
Et peu touché de la menace
D'un Dieu jurant de se venger,
Despréaux tombe aux pieds du Souverain des Muses :
» Je sais, dit-il, que tu m'accuses....
» Que je ne suis plus, à tes yeux,
» Qu'un traître, dont le nom te devient odieux,
» Dont même la perte est jurée....
» Mais si la justice, d'accord
» Avec la pitié, veut encor
» Que la défense soit sacrée :
» Fils de Jupiter, ô mon Roi,
» Je t'en conjure, écoute-moi !...
» Un seul jour, d'un sujet fidèle,

» Ne fait point un sujet rebelle ;
» On n'a jamais passé, dans un moment,
» De l'amour, au débordement
» De la haine la plus coupable ;
» Et la vertu qui se dément
» N'est pas tout d'un coup méprisable....
» Tu sais, Apollon, qui je suis :
» Tu sais mon zèle, ma constance
» A poursuivre tes ennemis ;
» Tu sais mes périls, mes ennuis....
» Et quand, enfin, la récompense
» A couronné tant de nobles travaux,
» Qu'avec mes pairs, et sans rivaux,
» Je bois, chaque jour, l'ambroisie
» Qu'Apollon garde à ses élus ;
» Quand je ne peux désirer rien de plus,
» J'aurais, au crime ajoutant la folie,
» Pour seconder de perfides desseins,
» Trahi mes devoirs les plus saints !...

» J'en conviens, c'est sous mes auspices,
» C'est par moi que ces étrangers,
» Échappés à tous les dangers,
» De nos sentiers glissans et de nos précipices,

» Ont pénétré dans ce lieu de délices :
» Mais, en cédant à leur désir,
» Je n'ai point dû craindre le repentir ;
» Le sentiment qui les anime
» Est trop noble et trop légitime ;
» Ce n'est point en usurpateurs,
» C'est comme simples voyageurs
» Qu'ils viennent sur la double cime,
» Envieux d'apprendre, à ta cour,
» A payer un tribut d'amour
» Au Monarque qui promet d'être
» Leur père plutôt que leur maître....
» J'ai pensé que la terre, en honorant ses Rois,
» De ses Dieux consacrait les droits....
» J'ai cédé..., suis-je donc un traître?... ».

» Songe bien, répond Apollon,
» Que justement la révolte commence
» Où s'arrête l'obéissance ;
» Et que souvent un injuste pardon
» Entraîne une seconde offense !...
» Oui,... je conviens que Despréaux
» M'a tout sacrifié,... son bonheur, son repos....
» Que jamais sujet plus fidèle

» N'eut plus d'amour, ni plus de zèle :
» Des ennemis qu'il a vaincus,
» Des vains projets qu'il a déçus,
» Je garde encore la mémoire :
» Mais un seul jour de trahison
» Peut effacer bien des lustres de gloire ;
» Et rien ne compense l'affront
Fait aux Dieux, trop souvent forcés à la vengeance,
» Jamais, à la reconnaissance.
» Mais faut-il, sans plus de détours,
» Nous épargnant de vains discours,
» T'ôter enfin l'espoir stérile
» De surprendre un cœur trop facile,
» Et trop enclin à s'émouvoir ?
» Sache que l'arrêt qui te touche,
» Qui te proscrit, en sortant de ma bouche,
» A cessé d'être en mon pouvoir !...
» Le plus saint des sermens, le nom du Styx m'enchaîne...

Apollon prononçait à peine
Ce nom terrible, que soudain
Sur la roche voisine, une invisible main,
En traits de feu, grava cette sentence :
La vengeance aux mortels, mais aux Dieux la clémence !

Au même instant de rapides éclairs
Trois fois ont sillonné les airs,
Et trois fois, entrouvrant la nue,
La foudre a paru suspendue....

» Dieux ! je vous entends !... à genoux !!!
» S'écria le fils de Latone,
» Français ! du moins prosternez-vous
» Devant le Ciel qui vous pardonne...
» Mais redoutez ces lieux... à des mortels impurs
» Toujours dangereux, et peu sûrs....
» C'est déjà trop que, sans disgrâce,
» Vous ayez vaincu les hasards
» Qui vous défendaient le Parnasse,
» Et porté d'imprudens regards
» Jusqu'au fond de ce sanctuaire,
» Impénétrable au profane vulgaire ;
» C'est déjà trop d'avoir défié mon courroux,
» Jusqu'à goûter ce breuvage si doux,
» Mais si redoutable et si traître
» A qui n'est pas digne de le connaître....

» Allez.... portez à votre Roi
» Les fruits de votre audace et de mon indulgence :

» Sur-tout, si vous voulez en faire un noble empl[illegible] ,
» Encensez le mérite, et non pas la puissance !
» Un grand Prince n'est point flatté
» Par qui l'exalte, sans scrupule,
» Aux dépens de la vérité;
» Et la fausse louange est au moins ridicule;
» Votre Monarque eût-il, à lui seul, les vertus
» De tous les Rois que le monde a connus,
» Laissez cet éloge à l'histoire,
» Et ne le mettez pas au choix
» D'être trop vain, ou de ne pas vous croire.
» Vous lui direz (si toutefois
» Il est tel que le peint la Déesse aux cent voix),
» Vous lui direz: *Grand Roi, ton peuple t'aime...*
» *Ce ne sont point des courtisans*
» *Accoutumés à n'offrir leur encens*
» *Qu'à la splendeur du diadème :*
» *Ce ne sont point des flatteurs corrompus,*
» *Plus dévoués aux vices qu'aux vertus :*
» *C'est lui, c'est ton peuple lui-même*
» *Qui, mille fois encor, veut répéter qu'il t'aime...*
» *Qu'il t'aimera, tant que tes vœux*
» *Et ton grand cœur appelleront en France,*
» *De l'âge d'or l'heureuse ressemblance;*
» *Tant que, sur tes lèvres, les Dieux*

» Laisseront briller ce sourire
« Et si doux et si gracieux...
» Toujours d'accord avec tes yeux,
» Et qui, pour toi, semble toujours redire:
» J'ai soif encore d'un bienfait !...

A ces mots, le Dieu disparaît...
Et les Français, dans un heureux délire,
Avant de s'arracher de ce charmant séjour
Où tout les ravit, les inspire...
A Charles-dix, aux Bourbons de sa cour,
Ont entonné leur premier chant d'amour.

www.ingramcontent.com/pod-product-compliance
Ingram Content Group UK Ltd.
Pitfield, Milton Keynes, MK11 3LW, UK
UKHW021147230726
13926UKWH00002B/979